ならひ百句

塩原伸滋
NHK俳壇
投句選集

郁朋社

目次

装丁　スズキデザイン

てならひ百句

塩原伸滋ＮＨＫ俳壇投句選集

まえがき

庭掃きに枯葉落とすな寒雀

まこと拙《つたな》い句である。

中学二年生の冬、国語の先生が休まれて、「扇風」の俳号を持つ校長先生が代講され、急遽、俳句の授業となった、その時の作である。

一通り俳句についての講義があり、「寒雀」の兼題で実作することになった。生まれて初めての作句であった。

二十分間の制作時間の後、作品が回収され、うち何句かが優秀作として発表された。わたしの句は、無論、選に漏れた。

講評で、校長先生は、優秀作品のその所以を丁寧に説明され、作者の生徒たちを喜ばせた。

そして、添削の原句としてわたしの句を取り上げて、

庭掃きや残葉落とすな寒雀

と直し、「切れ字」のもつ意味と、避けるべき「季重なり」について解説された。

理数系志向の上、初めての作句で、殊に自負など無かったけれども、何かしら「ほろ苦いもの」の残った授業ではあった。

その後、目に触れれば読み流す程度のことで、俳句との関りは特には無かった。勿論、句を作ることも二度となかった。

そして、四十数年が過ぎた。

こと志に反して、サラリーマンとして、長年、営業畑を歩くことになり、俗事にかまけ、気がつけば五十九歳になっていた。

その年の暮、年賀状を出すべく、その正月に届いたものの整理をしていた時のこと、ふと、ある無常観にとらわれ、にわかにその手が止まってしまった。

――累々たる、印刷文面の年賀状の山を前にして、

「一体、こんなものの遣り取りに、どれほどの意味があったのだろうか……………?」

と、考え込んでしまった。ひとつには、翌年、還暦を迎える心境の為せるところであったのかもしれない。

勿論、それまで、ビジネスマンとしての自身の年賀状も、連綿と「印刷」で通して来てはいたのだが………。

しかし、頂いたものの中には、少数であれ、直筆の、しかも墨字のもの、手製版画であって、それも多色刷りのもの、また、手すき紙に貼り絵を施したものまであった。どれも、より心の籠った年賀状である。

「斯くあるべし………！」

と、思ってはみたものの、自分にはいずれの才能もないことに、改めて気づかされた。

「出すべき枚数が、枚数だから………」

と、言訳してみたけれども、やはり、釈然としない。

「印刷」ではあっても、もう少し気の利いたものは出来ないだろうか、と考えた。

まず、自前の一文を添えることを思いついた。が、広く誰にでも通じる文章となると、これまた難しい。

ことによっては、独り善がりの「御託」になり兼ねない。

印刷文面に、自筆の「ひと言」を添えるケースはよくある。自分でも時々、限られた宛先に試みることはあったが、全部が全部となると、まず以て不可能だ……などと思案しているうちに、ふと、唐突に、

「俳句なんかは、どうだろう……？」

と、思い浮かんだ。

瞬間、一挙に、四十数年の歳月が遡り、彼の俳句の授業のことが思い出されたのである。

……その「ほろ苦さ」は、未だ変わってはいなかった。

途端に、意気消沈である。

再び、あれこれと考えを巡らせてみたものの、どうにも良い方法が思い当たらない。またして「俳句」に舞い戻った時、

「俳句でなくても、「俳句らしきもの」でもいいじゃあないか……！」

と思い、遂に「俳句」で腹を括った。

とにかく作ってみようと、大雑把に冬をイメージし、それまで読み流してきた俳句の乏しい知識を総動員して、出来上がったのが、

寒梅《うめ》匂う六十路にかゝる峠茶屋

という、生涯二作目の句であった。

我ながら上出来と、独り悦に入っていたが、直ぐに、生来の心配性が頭を持ち上げた。

[来年以降も、大丈夫だろうか………?]

そこで、向こう二年分の年賀状用の句をストックすべく、再び机に向かった。

雪払い碑を確かめり六十路塚

風光りふと立ち止まる六十路坂

出来はともかくとして、思いのほか短時間のうちに、「還暦三部作」が出来上がった。

「ひょっとすると、自分には句才があるのかも………！」

いゝ気なものである。

確かに、後々、単に「多作」であることだけの才能はあったようではあるが………。

年が明けて、年始に狂奔させられる、営業マンにとって一番忙しい時期がやって来た。

身近な出入り先から始めて、だんだんとその輪を拡げてゆき、松が取れてからは、その言訳のきく、地方の得意先に出向いて行く——。

その年も、最後の年始が終ったのは、二十日を大分過ぎた頃だった。

いつしか、俳句のことは、すっかりと頭から消えていた。

二月に入り、暖かい日が続き、そのまま春になってしまうのかと思われたが、半ばを過ぎて大雪が降った。

年始の休日出勤で、代休がまだ二、三日残っていたこともあって、その日は休むことにした。

しかし、雪に降り込められては、休日慣例のゴルフの練習にも行けず、居間の窓から外を眺めては、立ったり座ったり所在なく過ごしていた。

余り好きでもないテレビにスイッチを入れて、チャンネルを渡り歩いていると、ふっと、俳句の番組が映し出された。

NHK俳壇の再放送だった。

年賀状用の句を作ってそれまで、二ヶ月の間、全く、俳句のことを忘れていたことに気がついた。

「そう、そう、俳句………俳句でした」

リモコンを置くと、テレビの前に居住まいを正した。

折から、金子兜太選の入選句の披講が行われていた。

続いて、ゲスト三人の選があり、特選が決まって、選評に移った。

勿論、金子先生をはじめ、ゲストの方々も初めてお目に掛かる人たちばかりだった。

それに、話の端々に、初めて耳にする専門用語が登場して、いささか悩まされた。

それでも、それまで持ち続けていた、半可な俳句に対するイメージを払拭するには十分だった。

俳句とは、限られた事柄を、限られた方法を以て表現するもの、とばかり思い込んでいた。

目から鱗、だった。

それ程までの自由と普遍性を持っているものとは、ついぞ思っていなかった。

確かに、その入選の十五句を見ても、兼題の枠の中にあって千差万別であった。

「これは、面白そうだ……！」

早速、テキストを買ってきて、拡げてみた。

そこには、全くの「別世界」が広がっていた。

勤めていた会社の定年は六十五歳だった。比較的新興の会社で、中途入社が多く、同期の中でも、ぼつぼつと定年退職者が出始めていた。

退職後の抱負を聞くと、六十五歳という年齢もあって、再就職する人は稀で、大方が、「悠々自適……」と、答える。しかし、何を以て、「悠々自適」かを答える人は少なかった。

［何の目安も無く、唯、悠々自適に過ごすことなど、出来るものなのだろうか……？」

それは、そのまま、自分自身の定年後についての疑問でもあった。

それまで、趣味と云えるものは、何も持っていなかった。

好きで、よくゴルフはやってはいたが、多分に、それは、仕事の延長線上のことで、定年後までやろうというほどの熱意はなかった。

第一に、それ程の腕前でもなかった。我流で始めたゴルフは、ある年齢を境に、歳を追って下手になる……。老後もゴルフを趣味としている人は、皆、はじめからプロに付いて、基礎をしっかりと身に付けた人たちばかりだ。ゴルフは、「何事も基礎が大切」ということの一つの典型でもある。

［よし、定年までの六年間、俳句を一から勉強してみよう！］

そして、定年後の「句作り」を、悠々自適の「よすが」とすることを心に決めた。

文字通り「六十の手習い」である。

まず、正式に、先生に付くとか、どこか、カルチャーセンターなどの講座を取るとかを考えたが、営業という職種柄、時間的に無理だった。

そこで、虚心坦懐《きょしんたんかい》独学することを誓った。

それからは、積極的に俳句に関る生活が始まった。

早速に、歳時記を手に入れ、ビデオデッキを買い込んで、ＮＨＫ俳壇、俳句王国をはじめ、俳句と名の付く番組は全て収録し、暇をみては眺めた。特に、ＮＨＫ俳壇は、繰り返し何度も見た。勿論、テキストも毎号、隅から隅まで目を通した。

また、新聞俳壇も、友人の協力を得て、伝統ある三大紙分を確保、そのほかも、地方紙から市の広報紙に至るまで、「俳壇」とあれば全て読み漁った。

テレビも新聞も、入選句の選評が勉強の「糧」となった。殊に、テレビ放送では、選評、講評を「生」で聴くことが出来るので、文字だけでは伝わって来ない、ニュアンスと云ったものまでも掴むことが出来て有難かった。

はじめは、勉強優先で、実作は二の次のつもりだった。

しかし、いささか「知恵」が付いてくると、しきりと、作ってみたくなった。

「勉強第一、勉強第一………!」と、抑えてみても、NHK俳壇のテキストで、予定兼題の「兼題の解説」などを目にすると、どうしても実作してみたくなる。

そこで、兼題分だけを作ってみて、視聴の際の参考にすることにした。

結果的に、これは、大変良いアイデアで、大いに勉強のプラスになった。

実作することによって、反って、解釈面での理解度が上がったのである。

勢い、それからは「自由題分」も、その都度、歳時記の中から当季の季題を二つ選び出し、併せて「題詠」するようになった。

作句の場は、主に「電車の中」だった。営業部の中では、ひとり、自分だけが車の運転をしなかった。通勤のほか、得意先廻りなどの営業活動も、もっぱら電車を使っていた。

「句作り」は楽しかった。

思えば、自由に制作、創造することの喜びは、小学生以来だった。

絵を描くことも、楽器を弾くことも、作文することも、皆、苦手だったが、何かと「物を作る」ことは好きだった。

物のない時代でもあったが、遊び道具は殆ど自分で作った。

凧、竹馬、独楽《こま》、弓矢、釣道具、等々。

竹ひご造りから始めて、一日かけて作り上げた凧が、夕空に唸りをあげて揚がった時の、あの「満足感」が甦ってきた。

そしてまた、同時に、その「出来栄え」を誰かに見て欲しいとの思いも………。

斯くして、「NHK俳壇」への投句が始まった。

まず、一季題につき五句から八句連作して、その中から、三句から五句を選び、一回当たり二季題分、六句から十句を、四人の選者に宛てて、月に、二十五句から四十句を投句することとした。
しかし、ある程度の覚悟はしていたものの、全くの「無反響」だった。
添削の原句にさえも登場しない。
一回の応募数が五千句を超えると聞いて、
[ちゃんと、目を通してくれているのだろうか………?]
と、疑心暗鬼になった。
そこで、一回当たりの投句数を、八句から十二句にまで、二十パーセントほど引き上げてみた。月に三十句から五十句の投句になった。
が、それも全く効果がなかった。
[全然、見当違いをしているのでは………?]
と、途方に暮れた。

かねがね、前出の「年賀状句」のような「観念句」の殻を、未だ引きずっていることには気が差していた。

［やはり、基本的な「写生」が出来ていないのだろうか………？］

――空しく、四ヶ月が過ぎた。

七月に入り、いよいよ、誕生日の十八日を迎えた。

満六十歳、還暦である。

思っていたほどの感慨も無かったが、定年退職まであと五年と思うと、自ずと身の引き締まる思いがあった。

［俳句を始めておいて、よかった………］

と、改めて思った。

そして、毎月待ち焦がれていた二十日がやって来た。ＮＨＫ俳壇のテキストの発売日である。

午後からの外廻りの一番に、会社の近くにある書店に飛び込んだ。

テキスト・コーナーに直行し、目指す一冊を買うと、裏口から出て、少し離れたところの、同僚などに出会うことのない小さな喫茶店に入った。いつもの行動である。

窓際の一人掛けの席に座ると、カフェオレを頼んで、恐る恐るテキストを開いた。

「巻頭名句」もなんのその、目はひたすらに入選句欄を追った。

その頃はもう、即入選などという高望みはすっかりと消えていて、「せめて、佳作にでも」と云った心境だった。

五月第一週——。

稲畑汀子先生主宰の兼題分である。

まず「鯉幟」………なし。

次に「夏めく」………なし。

「今回も、駄目か………」

気を取り直して、次週分に進んだ。

第二週は、廣瀬直人先生主宰の自由題分だった。

佳作の掲載は、北海道から順に各県を南下してゆく。

……青森、宮城、山形、茨城、栃木、群馬、千葉。

そして、千葉市、我孫子市、市原市、木更津市、成田市、船橋市
………

［あった！……ありましたっ！］

船橋市の最後、四番目に、紛れもなく自分の「俳句」が載っていた。

［……やった！］

実作を始めて九十八句目、投句した句の六十二番目の「快挙」だった。

実際には、案外と早かったことになるが、それは、佳作の場合、応募締め切りから誌上発表まで、九十日から百日余りかかるためであった。

ともあれ、「俳句らしきもの」が「俳句」として認められたことが、何よりもうれしかった。

すっかりと冷めて、生温かくなったカフェオレを一気に飲み干した。

平成八年・九年・十年

佳作（自由題）

春行くやピアノの上のラムネ菓子

平成八年五月　**廣瀬直人選**

佳作（自由題）

七月や蒸し器に水の満たされる

平成八年七月　**廣瀬直人選**

佳作（自由題）

夜《よ》濯《すす》ぎのしづくにぎやかバンガロー

平成八年九月　**鷹羽狩行選**

佳作（自由題）

石に出てまた草に入る蜥蜴《とかげ》かな

平成八年十月　**黒田杏子選**

佳作（兼題）

鶯やうぐいす色の飴《あめ》細《ざい》工《く》

平成九年二月　廣瀬直人選

佳作（兼題）

蕗の薹束に淡き昼の月

平成九年三月　廣瀬直人選

佳作（自由題）

花曇煙草《たばこ》を断ちて未《ま》だ十日

平成九年四月　**黒田杏子選**

佳作（兼題）

母の日やぶっきら棒な肩叩き

平成九年五月　廣瀬直人選

佳作（兼題）

明るみて実梅に憂《うれい》なかりけり

平成九年六月　**藤田湘子選**

佳作（兼題）

古日傘ゆっくり磴《とう》を上《のぼ》りゆく

平成九年七月　**廣瀬直人選**

佳作（兼題）

太陽と見紛ふ月の出て残暑

平成九年八月　廣瀬直人選

佳作（自由題）

師を送り最終列車夜の秋

平成九年九月

星野　椿選

佳作（兼題）

松手入して吉日の客を待つ

平成九年十月　星野　椿選

佳作（自由題）

木《もく》犀《せい》や懇《ねんご》ろに道教えけり

平成九年十月　**廣瀬直人選**

佳作（自由題）

厠《かわや》へは爪先立ちて今朝の冬

平成九年十一月　**廣瀬直人選**

佳作（兼題）

熱燗の冷めて一件落着す

平成九年十二月　星野 椿選

佳作（自由題）

風《ふ》呂《ろ》桶《おけ》のひとつ響きて霜夜なる

平成九年十二月　**廣瀬直人選**

入選（自由題）

細工場に師の父とゐて虎落笛《もがりぶえ》

平成九年十二月　**藤田湘子選**

［評］父を師として職人の道を歩んでいる作者。仕事場でなく細工場と言って味あり。

佳作（兼題）

野火果てゝ風のさびしくなりにけり

平成十年二月　星野　椿選

入選（自由題）

春愁や埴輪《はにわ》の並ぶ資料館

平成十年四月　**倉田紘文選**

［評］長い長い時間を埴輪は埴輪でありつづける。その埴輪の愁いが資料館に静かに漂っている。

佳作（兼題）

故郷に母在り朧夜に帰る

平成十年四月　岡本　眸選

佳作（兼題）

黙とうの身にしみ渡る蝉の声

平成十年七月

岡本　昨選

特選（自由題）

朝涼といふ三文の徳なりし

平成十年七月　**藤田湘子選**

［評］「早起きは三文の得」ということわざを踏まえている句だから、徳は得がよいだろう。早起きして朝涼をこう詠った心のゆとりが佳。

佳作（自由題）

殿《しんがり》の手花火あっけなく終る

平成十年八月　倉田紘文選

佳作（自由題）

高窓に九月の空を拭《ぬぐ》ひけり

平成十年九月　倉田紘文選

佳作（兼題）

いつしかに花野真中にをりにけり

平成十年九月　岡本　眸選

佳作（自由題）

破蓮や畦《あぜ》に田舟の伏せ置かれ

平成十年十月　**岡本　眸選**

佳作（兼題）

母ひとり障子の部屋にすまひたる

平成十年十一月　倉田紘文選

佳作（兼題）

当番の欅《けやき》落葉を掃きにけり

平成十年十一月　藤田湘子選

佳作（自由題）

茶《だ》毘《び》を待つ風邪心地してをりにけり

平成十年十二月　岡本　眸選

なかがき（一）

初めて佳作に入った年は、残る七ヶ月の間に、あと三句の佳作があった。しかし、二ヶ月に一句の勘定である。

しかし、投句数からすると、一パーセントそこそこの低い「歩留り」であった。

それでも、めげずに勉強と実作に励み、投句を続けた。

その甲斐あって、次の年には、ほぼ毎月一句の佳作が入るようになり、二句の月も二度ほどあった。歩留りも三パーセント台に乗ってきた。

けれども、内心、余り納得はしていなかった。

入った句の「自己評価」が、皆、低かったからである。

一季題につき、四句から六句投句するわけだが、そこには自ずと、自分なりの「評価順位」が生ずる。

入った佳作が、大方、その上位三位以内であれば納得も出来るが、殆どがそれ以下であった。往々にして、五位、六位であったのである。五位、六位といえば、そろそろ連作の種も尽きてきて、「枯木も山の賑わい」と、比較的、気軽に作ったものが多い。

勿論、一位、二位についていては、着想、題材、表現のいずれにも、それなりの自信があり、そこそこの評価は期待できるもの、との自負もあった。

しかし、初心としては、確固として自己主張するほどの確信もなく、自分の良しとする俳句と、選者のそれとのギャップに悩まされていた。

「暗中模索」に、それ程の変りはなかったのである。

悶々のうちに、その年も師走を迎えた。

「得意先商売」の営業マンにとって、十二月は、今もって、「掛取り」の月である。

主要な取引は、その都度、契約によって決済日が決められ、それによって支払いが行われるが、副次的なものは、それぞれの得意先の定める、月々の決済日によって支払われる。几帳面に集金出来さえすれば問題はないのだが、比較的少額であることもあって、双方に気の緩みがあり、つい、その月を越えてしまう。

それが、押せ押せになって、年末に貯まってしまうのだ。

十二月八日——。

その日も朝から、「掛取り」の集金にとび廻っていたが、たまたま、最寄り駅の沿線に出たこともあって、少し早めだったが、そのまま直帰することにした。

家に着いたのは六時半頃だった。

着替えていると、電話が鳴った。

妻が出て、ＮＨＫからだと、子機を持ってきた。

その時はまだ、俳壇との関連が浮かんで来なかった。

［ＮＨＫが……何用………？］

と、電話に出た。中年の男性の声だった。

氏名を確認され、次に、ぼそぼそと一つの俳句が読み上げられた。

どきん、とした。

前月の十八日に投函した、その年最後の、十二月第四週分に投句したものの中の一句だった。

自作であり、未発表であることが確認されてから、入選が告げられた。

切れた電話の受話器を握ったまま暫し呆然としていた。

「何だって……？」

妻が来て、怪訝そうに顔をのぞき込んだ。

「入選したって……俳句が……」

「よかったねっ……！」

と、妻が小さく言った。

入選作は、藤田湘子先生主宰の自由題分で、例によって、独自に題詠した「虎落笛」の連作五句の内の一句だった。

高校生の頃、錺職《かざりしょく》だった父の仕事を手伝っていた当時のことを詠んだもので、「自己評価」も二番目の句で、まずまず納得のいくものだった。

「入選したのかぁ……！」

じわじわと、うれしさが込み上げてきた。

取り敢えず、兄弟たちと、主だった友人たちに電話をして、入選を伝え、放送を見てくれるように頼んだ。

皆、一様に、狐につままれたような受け答えだった。

密かに始めた「手習い」の結果であれば無理もなかった。

当時、まだ、NHK俳壇の放送は、毎週金曜日の午後八時から行われていた頃で、その年の十二月第四週分の放送は二十六日だった。

それからの三週間は、久しぶりに童心に返ったような、わくわくとする毎日だった。

予め、プレゼントの中身がわかっていて、クリスマスを待っているような……そんな感じだった。

忙しい仕事の合間、駅のホームで、公園のベンチで、一服入れながら独りほくそ笑んでいた。

放送当日は、早々に仕事を切上げて帰宅し、風呂に入ると、早目の夕食をとって視聴に備えた。自ずと、晩酌は控えた。

時間になって、テレビの正面に陣取ると、

「どれ、どれ………」

と、水仕《みずし》のあとの手を拭いながら、妻が寄ってきた。

自作の俳句が、入選句として放送で披講されるのは、格別のものがあった。

選評でも、自分の意とするところが十分に認められて、うれしかった。

「「扇風」先生、やりましたよ………！」

あの、中学での俳句の授業のことが、今はもう、懐かしく思い出された。

放送が終ってからも、ビデオを巻き戻しては、何度も眺めた。

そして、「視聴者」からの反響を待ったが、三十分経っても、ついぞ一本の電話も掛かってこなかった。………大いに不満だった。

「きっと、モガリブエ……が難しかったのよ」

と、妻が慰めてくれた。

暮の二十六日、それも、最後の金曜日の夜であれば、見てくれと云う方が無理だった、と諦めた。

それでも、年が明けて、放送で使った入選句のボードが届くと、早速、そのレプリカを作って、全員に贈った。

「これで、やっと「俳句が趣味です」と云えるナ……」

やれやれ、の心境だった。

思えば、俳句を始めて千百二十九句目の初入選で、後に放送で、当の藤田先生が、

「一千句作ると、大体、俳句の見当がついてくる……」

と、言われていたが、丁度、そんな処に辿り着いたところだった。

割合と早い頃から、入選を機に、俳号を付けることを考えていた。

ひとつには、本名の「塩原伸」の見た目のバランスが、余り好きではなかったからである。

「伸」は父の命名で、当時、売れっ子作家だった長谷川伸先生から取ったとのことで、父の自慢の一つだった。

しかし、先生の場合、姓の「長谷川」の三文字が、一字の「伸」とうまくバランスしている。

「塩原伸」だと、どう見ても「頭でっかち」なのである。

それに、三文字の氏名は、縦に並列されると、一段も二段も低く見える。

「自分の背の低いのは、偏に、その命名にある！」

と、小学生の頃、よく恨んだものだった。

予定していた俳号は「伸滋《しんじ》」だった。

字画数からも、姓とよくバランスがとれていると、自賛していた。

「滋」の文字は、十三歳で早世した長男の名前・滋《しげる》を貰った。

初めての子供だったので、慎重を期し、わざわざ知人に紹介してもらった、神田某と云う易者の姓名判断によるものだった。

この子は、なかなかの文学少年で、小学生の頃から、よく、大人の小説を読んでいた。特に、古典的なミステリーや怪奇小説が好きで、夢野久作のファンだった。

文章もよく書いていたようで、クラスの文集では花形だった。

自信も大分あったらしく、たまたま、わたしの書いた労働組合報の一文を読んで、

「お父さんも、(結構)やるねぇ………!」

などと、生意気なことを言っていた。

遺された文集の中に、二行だけの作品があった。それだけは、今も頭の中にある………

「今、何時ですか？」
時計台「今、何時ですか？」

………なかなかの「諧謔」だと思う。

父親の十三歳時の句「寒雀」とは、比ぶべくもない。

はじめは、「滋」だけを俳号とすることを考えたが、怒られそうな気がしたので、やめた。

俳号で投句するようになって、やっと、テキストの佳作欄では、みんなと肩を並べることが出来た。急に、十センチほど背丈が伸びたような気がした。

平成十一年・十二年

佳作（兼題）

兄嫁を送って戻る冬座敷

平成十一年一月　倉田紘文選

入選（自由題）

申し分なき初夢に戸惑へり

平成十一年一月　**岡本　眸選**

［評］一句の構成にめりゝはりゝがあって引きつけられる。さて、どんな夢なのか……。

入選（兼題）

留守電の声なく終る余寒かな

平成十一年二月　**倉田紘文選**

［評］なんとなく満たされない白じらとした寒さが心に残る。その淋《さび》しい思いが伝わってくる。

佳作（兼題）

鳥帰るらし下総は棚曇

平成十一年三月　藤田湘子選

佳作（兼題）

今を盛りに藤房のシャンデリア

平成十一年四月　**倉田紘文選**

佳作（自由題）

遅き日の未だ灯らぬスタジアム

平成十一年四月　岡本　眸選

佳作（兼題）

菖蒲葺く一人は欲しき女の児

平成十一年五月　倉田紘文選

佳作（兼題）

禰《ね》宜《ぎ》ひとり真顔に付きて荒神輿

平成十一年五月　深見けん二選

佳作（自由題）

夏至とのみ誌して閉じる日記帳

平成十一年六月　宇多喜代子選

佳作（自由題）

蜻蛉の止まりて浮子の動かざる

平成十一年八月　**宇多喜代子選**

佳作（自由題）

虫の音に耳の尖《とが》りて来りけり

平成十一年九月　**宇多喜代子選**

入選（自由題）

頬《ほお》杖《づえ》のまゝにもの云《い》ふ夜長かな

平成十一年十月　**倉田紘文選**

［評］いまはなんにもしたくない。その思いが「頬杖のまゝにもの云ふ」にそのまま表われている。

佳作（兼題）

立冬やしかと寺守る築地塀

平成十一年十一月　岡本　眸選

佳作（自由題）

黄落や根元を一つ蹴《け》って掃く

平成十一年十一月　**深見けん二選**

佳作（兼題）

戦禍聴く風邪心地してをりにけり

平成十一年十二月　岡本　眸選

入選（自由題）

冬《ふゆ》薔《そう》薇《び》ぱちんと剪《き》って貰《もら》ひけり

平成十一年十二月　**深見けん二選**

［評］冬に咲く薔薇、一輪がすがれた茎に咲いている。色は深紅か。「ぱちんと」がリアル。

佳作（兼題）

白樺の枯木となりて耀けり

平成十二年一月　宇多喜代子選

佳作（兼題）

寒椿東司《とうす》の窓の古雑巾

平成十二年一月

岡本　眸選

佳作（自由題）

約束の彼岸の頃となりにけり

平成十二年三月　倉田紘文選

佳作（自由題）

水草生ふむかし青べか物語

平成十二年四月　深見けん二選

佳作（兼題）

仏飯の豆飯に豆足しにけり

平成十二年五月　**宇多喜代子選**

佳作（自由題）

きびくと手旗信号五月の海

平成十二年五月　大串　章選

佳作（自由題）

白犬の漂ふてゆく五月闇《さつきやみ》

平成十二年六月　大串　章選

佳作（自由題）

東京は梅雨に入るらしタワーの灯

平成十二年六月　深見けん二選

佳作（自由題）

悔恨のビールの泡を見つめけり

平成十二年七月　大串　章選

佳作（兼題）

流さるるもの流されて秋の川

平成十二年八月　宇多喜代子選

佳作（自由題）

坦々と電光ニュース土用凪

平成十二年八月　**深見けんニ選**

佳作（兼題）

書を閉じてじっと手を見る夜長かな

平成十二年九月　**鍵和田秞子選**

深見けん二・添削コーナー（平成十二年九月）

［原　句］鬼灯を鳴らし子守の往き来り

これは、一つの想い出でしょうか。しかし様子はよく分る句です。ただ往ったり来たりしているのですから、それは「往き来」で、「往き来り」ではありません。従って路地を入れると、言葉づかいに無理がなくなり句としてまとまります。

［添削例］**鬼灯を鳴らし子守の路地往き来**

佳作（兼題）

畦《あぜ》草《くさ》にのみ風渡る刈田かな

平成十二年十月　大串　章選

佳作（自由題）

手相見の灯の揺れてゐる夜寒かな

平成十二年十一月　**宇多喜代子選**

佳作（兼題）

かんざしの穂の揺れ七五三日和

平成十二年十一月　深見けん二選

佳作（兼題）

湯豆腐や厳父と云《い》ふに程遠く

平成十二年十二月　**大串　章選**

佳作（自由題）

寒月や河の向かうの倉庫街

平成十二年十二月　**鍵和田秞子選**

なかがき（二）

初入選を果した翌年、投句を始めて三年目の年は、四月に、新たに選者となられた倉田紘文先生主宰の自由題分で、二度目の入選がなり、「ビギナーズラック」の懸念を払拭することが出来た。

そして、七月には、再び藤田湘子先生の自由題分の選に、なんと、今度は「特選」として入ったのである。

うれしさよりも、むしろ、おどろきだった。

［まさか、入選三句目にして、頂けるとは………！］

正直なところ、特選など、まだまだ先の話と思っていたからである。

一方、その三月に選者を退かれた、廣瀬直人先生については、慙愧に堪えないものがあった。

初めての佳作に取って頂いたのも先生だったが、その後も、当初の佳作十七句中、実に、先生の選は十句にも及んでいたのである。

拙い大量の句の中から、なんとか、光明を見出してやろうとのお気持が伝わってきて、随分と励みになった。

「きみの、今度の投句の中では、この句が比較的、いいね。「比較的」に、だけれども………」

そんな声が聞えてくるような気がした。

いつしか、初入選は廣瀬先生主宰分で……との思いが心にあった。

幸い、思いのほか早い時期に、他の先生の主宰分で初入選を果した後も、先生の選に入ることで、そのお気持に応えたいとの思いに変りはなかった。

三月の第二週、先生の最後の放送を拝見しながら、遂に果せなかった思いに、つくづくと自分の不甲斐なさを感じていた。

全くの独学で始めた俳句も、敢えて、手解きを受けた先生の名を挙げるとすれば、勝手ながら、それは廣瀬直人先生だった。


投句四年目の年は、花ざかりの一年だった。

一月、二月と続けて入選し、後半は十月、十二月と、年間四句もの入選を果すことが出来たのである。

特に、「懸案」であった女性選者の、岡本眸先生主宰の一月の自由題分で、初めての入選が叶えられたことがうれしかった。それまでの入選、佳作の合計三十一句中、女性選者によるものは、佳作十一句に過ぎず、明らかに「跛行《はこう》」が見られ、相変わらず女性には縁の薄いことを思い知らされて、どこか、苦手意識があったからである。

また、十月の入選は、倉田紘文先生の自由題分で、二月の兼題分に続く先生三句目の選となり、同一選者による入選回数の記録となった。

そして、十二月は、その四月に新選者となられた深見けん二先生の兼題分での入選で、また、在任二年の間に、僅か二回の佳作にしか入ることの出来なかった、もと選者でゲストだった黒田杏子先生からも選を頂き、その間の「進歩」が窺われて、殊にうれしかった。

それにしても、一月、二月の連続入選で、既に、いささか有頂天になっていた。

「これで、いよいよ、俳人への道が開かれたかも………!」

早速、以前から一度行ってみようと思っていた、大久保・百人町にある俳人協会へ出掛けて行った。

まず、その建物の立派さと、膨大な書籍、資料、それに、携わっている人たちの数の多さに圧倒された。

そして、閲覧室には、書物、資料を拡げて、真剣に見入っている多くの人たちがいた。まさに、俳句に取り組んでいるというその姿に感銘を受けた。

「井の中の蛙とは、このことか……」

怖ず怖ずとなって、カウンターの中の人に尋ねた。

「あの、会員になるには、どうしたらいいんですか？」

その若い職員は、ちょっと戸惑った顔になって、

「どなたかの、ご推薦を戴ければ……」

と、デスクにいる、先輩らしき職員を振り返った。

「師事している先生とか、結社の主宰とか……」

代わって、その職員が答えた。

「はぁ、……」

二人は、顔を見合わせると、僅かに笑ったように見えた。

独学の自分にとっては、いずれも関係の無いことだった。

会報誌を一部買い求めると、すごすごと退散した。

大和勲氏の句集『残り鴨』に出会ったのは、そんな事があって、暫くした頃だった。

当時、朝日新聞の学芸面に続いていた、稲岡長先生の「俳句を読む」のある回に、大和氏が句集『残り鴨』を、私家版として上梓されたことが紹介されていた。

氏が、昭和四十九年に朝日俳壇への投句を始めてからの入選句が、百句に達したのを自祝しての出版、とあった。

一つの俳壇への継続的な投句、そして、その「入選百句」の出版ということに興味をひかれた。

早速、書かれてあった出版社の電話番号を調べて、購読を申し込むべく連絡を取った。

出版社では、当の句集は、原則的には非売品の「私家版」であって、一存には応じ兼ねるので、直接、著者に申し込んでほしいと、氏の住所を教えてくれた。

一面識もない人に依頼の手紙を書くのは厄介だったが、是非、拝見したいとの思いで、早々に葉書を出した。

一週間ほどして、その出版社から、文庫本サイズで百ページ余りの句集『残り鴨』が届いた。

装丁と云えば、艶紙のカバーに、水彩の鴨一羽をあしらっただけの質素なものだった。

ボリュームも、決してあるとは云えないが、朝日俳壇「入選百句」の重みがずっしりと手に感じられる一冊だった。

二時間ほどで、一気に読み切った。

「こりゃ、とても敵わない……！」

句集を閉じると、畳に仰向けになった。

序文によると、著者もまた、還暦を控えた五十九歳の年に俳句を始めている。

だが、氏の俳句の道に入るきっかけは、当時『玉藻』の編集長だった野村久雄氏との出会いにあった。

毎月の吟行で「写生の眼」「季題の選択」について良き指導を得た、とある。

どうも、わたしとは、「ゴルフ」同様、スタートに違いがあるようであった。

しかし、投句を始めて二年目に、朝日俳壇に初入選を果されるが、俳壇は異なるものの、これまた、わたしと同じである……。

不思議な縁である。

以後、朝日俳壇を俳句修行の道場として、投句を続けられることになるわけだが、これからが凄い。

入選百句を目標にしたその投句歴は、なんと、その後二十数年にも及ぶとのことであった。

若くして始めた俳句であれば、句歴二十年、三十年の人はざらで、五十年、六十年を超える人たちも珍しくはない。

しかし、還暦を境に発起しての句歴二十数年は、特筆されるべきものである。今や、齢八十五を超えることになる。

而して、「入選百句」の処女句集の出版である。

その間、高齢者学級の俳句の講師をされたり、七十歳からは、その後九年間にわたる「奥の細道の旅」に出られたり、まさに、俳句一筋の第二の人生を歩まれた。

七十四歳で「ホトトギス」の同人となり、その二年後には日本伝統俳句協会の会員になられた。

現在（当時）は五つの俳句会の指導をされているとのことだった。そして、「継続は力なり」を信じ、これからも、新たな目標のもとに投句を続ける覚悟、と結ばれてあった。

掲載されている句々の素晴らしさも然ることながら、まずは、そのバイタリティーに脱帽だった。

年間、平均四句の入選を続ければ、氏の年齢には百句に到達する。出来ない事ではないが、ただ、氏のように、元気で作句を続けられるという保証は、何もない。

それでも、これからも投句を続けてゆくからには、自分も、励みとして、何らかの目標を持つべきだと思った。

それにしても「入選百句」は余りにも遠大な目標である。

そこで、ひとまず、定年後の「句作生活」の為の土台となり得るような、手近な「目標」を考えた。

まず、俳壇放送一回分の「入選十五句」を思いついた。かつて、自作品のボードだけで、一パネル作ることを夢想したことがあったからである。……と、すると、あと、十句である。

また、入選と佳作とを併せての「百句達成」も考えた。……こちらは、あと、六十余句である。

「百句達成で、「定年退職記念」の句集でも出せればいいなぁ……」

取り敢えず、その二つを、当面の「目標」とすることにした。

平成十三年・十四年

佳作（兼題）

日は西に氷柱雫《しずく》の止まりけり

平成十三年一月　大串　章選

佳作（兼題）

繰り出さる釣《つり》竿《ざお》の先日脚伸ぶ

平成十三年一月　深見けん二選

佳作（兼題）

出郷の六十余年残る雪

平成十三年二月　大串　章選

佳作（兼題）

取り落とす浮子《うき》の行方や下萌ゆる

平成十三年二月　深見けん二選

入選（兼題）

花鉢を移せば蝶のこぼれけり

平成十三年四月　**斎藤夏風選**

［評］春は鉢植えの草花の手入れも忙しい。移動させる鉢から翔びたった蝶。明るく和やかな色彩。

佳作（兼題）

新茶一巡始業ベル鳴りにけり

平成十三年五月　大串　章選

佳作（兼題）

斧《おの》音はあの尾根あたり夏霞

平成十三年五月　**斎藤夏風選**

佳作（自由題）

河鹿沢一声毎の暮色かな

平成十三年六月　**鍵和田秞子選**

佳作（兼題）

鳶《とび》の輪の一段低く梅雨に入る

平成十三年六月　**斎藤夏風選**

入選（兼題）

帰省子の到着を待ち鳴る電話

平成十三年七月　**大串　章選**

［評］帰省子を待っていたように鳴る電話。一体誰からでしょうか。ちょっと気になりますね。

佳作（兼題）

溢《あふ》れ出て金魚明るき濁り水

平成十三年七月　斎藤夏風選

入選（自由題）

胡《きゅ》瓜《うり》もみ日のある内の夕餉かな

平成十三年八月　**今井千鶴子選**

［評］類句があるかも知れませんが、感じのある句。定年を迎えた静かな暮しぶり。季題が効いている。

佳作（兼題）

ビバークの木の間に烟《けむ》る天の川

平成十三年八月　**大串　章選**

佳作（兼題）

焼き入れを待つ刀匠の水澄めり

平成十三年九月　大串　章選

佳作（兼題）

朝霧の睫毛《まつげ》に宿る天城越え

平成十三年九月　**斎藤夏風選**

佳作（兼題）

銃声一発それっきり木の実落つ

平成十三年十月　**今井千鶴子選**

佳作（自由題）

身に入むやちらり初老と云ふ言葉

平成十三年十月　**斎藤夏風選**

佳作（自由題）

立冬の靴《くつ》紐《ひも》結び直しけり

平成十三年十一月　大串　章選

佳作（自由題）

短日の大川端を行く屋台

平成十三年十一月　**斎藤夏風選**

佳作（自由題）

銭湯に近火の噂《うわさ》しきりなる

平成十三年十二月　斎藤夏風選

今井千鶴子・添削コーナー（平成十三年十二月）

［原　句］白菜の水の上がるゝ朝《あした》かな

「白菜の水」だけで、漬けたことを表現しようとしても、無理です。やはり「漬ける」とはっきり言わなくては。「茎漬の水」なら良いのですが。また、「上がるゝ」は間違い、「上がれる」でなくては文法的におかしいですね。

［添削例］白菜を漬けたる水の上がる朝

特選（自由題）

餅《もち》花《ばな》の暮れて馴染みし枝垂れかな

平成十四年一月　**斎藤夏風選**

［評］餅花を挿した水木の枝。始めはぴんと張った枝も日暮れには重さに馴染んできた。灯が入れば枝垂れの影が床に生まれる。

佳作（兼題）

梅が香や行き当りたる築地塀

平成十四年二月　**今井千鶴子選**

佳作（自由題）

薄《うっす》らと底流れして芹の水

平成十四年二月　斎藤夏風選

佳作（自由題）

葉ごと食ぶ妻は里人桜餅

平成十四年三月　大串　章選

佳作（兼題）

武道場よりおうおうと鼓草

平成十四年三月　鍵和田秞子選

佳作（兼題）

不揃《ふぞろ》ひの潮干の貝の届きけり

平成十四年四月　寺井谷子選

佳作（自由題）

遥かなる青い山脈風薫る

平成十四年五月　**平井照敏選**

佳作（兼題）

粽解くらららららと紐を解く

平成十四年五月　**寺井谷子選**

佳作（兼題）

海凪ぎて蟻忙しき防波堤

平成十四年六月　今井千鶴子選

佳作（自由題）

梅雨寒の通夜の一人に残されし

平成十四年六月　**斎藤夏風選**

入選（兼題）

本題に戻る法話や夕立後

平成十四年七月　**今井千鶴子選**

［評］夕立の音が激しくて、聞き手も落ち着かない。やがておさまりかけて、さて本題に戻る。佳句。

佳作（自由題）

棟《とう》梁《りょう》の叱《しっ》咤《た》急なり日雷

平成十四年七月　**平井照敏選**

佳作（自由題）

夜の秋の瞬き初めし街路灯

平成十四年八月　**斎藤夏風選**

佳作（自由題）

灯火親し鮨《すし》屋《や》湯《ゆ》呑《の》みの文字さへも

平成十四年九月　**斎藤夏風選**

佳作（自由題）

ふと拾ひたる団栗の捨てられず

平成十四年十月　今井千鶴子選

入選（兼題）

新酒古酒下戸に稀なる聞き上手

平成十四年十月　**斎藤夏風選**

［評］新酒も古酒も並べ飲む。そんな酒席を共にする下戸の人。珍しく聞き上手、酒席が好きなのだ。

佳作（兼題）

灯台に日の当りゐる時雨かな

平成十四年十一月　**平井照敏選**

佳作（兼題）

竹の春むかし八幡の不知藪《やぶしらず》

平成十四年十一月　斎藤夏風選

あとがき

四句もの「記録的」入選がもたらされた次の年、投句五年目は、散々な一年だった。

佳作には十七句も入ったけれども、遂に、一句の入選もなかった。前年の「グランド・スラム」に慢心したわけでもなかったが、いささか生意気になっていたことは事実だった。

俳壇の放送を見ていても、時として、入選句に対し、内心、何かと「注文」をつけたりするようになっていた。

それまでの、入選の全句をお手本として、無条件に吸収しようとする謙虚さが無くなってきていたのである。

天網恢々、である。その九月の深見けん二先生主宰の放送分で、投句の中の一句が、添削コーナーの原句として俎上に上り、その伸びかかった鼻を、やんわりと、矯められるはめになった。

「初心、忘るべからず！」

「軌道修正」がなって、翌六年目には、四月、七月、八月と年間三句の入選があった。

まず、新選者になられたその四月早々に、斉藤夏風先生主宰の兼題分の選に入り、七月には、前年から断続的に八句の佳作が続いていた大串章先生の兼題分に入選を果した。

続いて、八月に、女性選者二句目の入選が、やはり、その四月に新たに選者となられた今井千鶴子先生の自由題分でもたらされた。

定年を翌年に控え、これまで、入選が十句、佳作との合計が八十三句になった。

巡航をやゝ機首を下げ初御空

この年の「年賀状句」である。

「さぁ、もう一息だ……」

と、気を引き締め直した。

さすがに、定年退職の年は、その日まで六ヶ月余りしかなく、年始は別にしても、何かと年初から忙しかった。

事務系のような、内輪での仕事の引継ぎと異なり、営業の場合は、取引先一軒一軒との引継ぎになる。百を超える得意先を持っていたので、それぞれの先方の都合と、引継ぎを受ける当の営業マンのスケジュールとを調整するだけでも、大変なことであった。また、その間にあっても、自分の営業成績は、ある程度維持しなくてはならない。正直なところ、「俳句」どころではない状況だった。

それでも、前年十二月に投句した、斉藤夏風先生の一月の自由題分で、先生二句目の入選が、俳壇二句目の特選となり、幸先の良いスタートを切ることが出来た。

「なんとか「目標」を達成して、スッキリと定年を迎えよう！」

と、自らを励ました。

そんな時、主な作句の場が「電車の中」であったことが幸いした。営業マンとしては、忙しければ忙しいほど、電車に乗る機会が多くなる。引継ぎに同行する営業部の後輩たちを尻目に、ひたすら作句に励んだ。

おかげで、定年退職月の七月の第一週、七日放送の今井千鶴子先生の兼題分で、先生二句目の選に入り、良い記念となった。

その年は、既に、一月と三月に、同じ営業部の同輩三人が定年退職し、他の部署のとを合わせると、送別会のラッシュだった。

わたしにも、二つばかり送別会の申し出はあったが、みんなの「送別会疲れ」を慮って辞退し、記念品だけを頂戴して、粛々と会社を辞した。

四十余年に及ぶ、永いサラリーマン生活だったが、不思議と「終焉」と云ったような感慨は余りなかった。自分でも意外なほどだった。

ひとつに、「俳句の道」の、まだまだ発展途上にあったことが、そう思わせたのかもしれない。

「俳句を始めておいて、ほんとうに、よかった………!」

と、思った。

しかし、定年退職日の時点では、入選が十二句、佳作との合計が九十一句で、結局、いずれの「目標」にも到達することが出来なかった。

そこで、達成期限を「定年退職年」と拡大解釈して、更に頑張ることにした。

ところが、さて、これからは「俳句三昧」と思った矢先に、痛風の発作に襲われた。

前年の丁度同じ頃に、その兆候があり、通風の疑いもあったが、大したこともなく治まってしまった。しかし、今度は、改めて医者に診てもらうまでもなく、その痛さから、痛風であることを悟った。

「風が当たっただけでも、痛い」との俗説の通り、痙攣を伴ったその痛さは、堪えようがなかった。原因である高尿酸値を下げる薬の他に、鎮痛剤をもらって飲んだ。

風邪をひくことはあっても、それまで、長年、病気らしい病気をしたことがなく、ほとほと参ってしまった。

「気丈なつもりでも、やはり、積年の疲れが出たのだろうか……？」

と、心細かった。

暑さの中、痛みが取れるのに二週間、腫れが引くのに一ヶ月以上かかった。

本人出頭が原則の失業保険の一時払いには、家の前からタクシーに乗り込み、サンダル履きの足を引き摺って、「職安」まで行ったものだった。

それでも、投句だけは続けよう、とふん張った。

殊更、句材を求めて出歩くこともなく、もっぱら「題詠」だったことが、その助けになると思っていた。

前述の通り、「自由題」であっても、予め歳時記の中からそれぞれ当季の季題二つ選び出し、独自に「兼題」として、題詠していたからである。

作句には、いつも、兼題である季語・季題を、一様に、過去の「記憶の世界」に遊ばせて、着想を得る——と云った方法をとっていた。必然的に、観念的な着目が多くなるが、それを、如何に具象化するかが、作句のポイントだった。

若くして句作を始めた人たちは、よく「俳句は日記である」と言われるが、高年で始めた自分にとって、俳句は、むしろ「思い出の記」なのである。

「記憶の抽斗《ひきだし》」に中身がある限り、作句は可能だと信じていた。

ところが、皮肉なことに、退職したことによって、肝心の「電車の中」という、主たる作句の場が失われてしまったのである。

何の時間的制約もなくなって、

「さぁ、俳句を……」

と、机に向かってみても、一向に作意が湧いてこない。どうにも、勝手が違うのである。

たまたま、所用で出掛け、電車に乗ってみると、その三、四十分の間に、たちまち二、三句ほど出来上がった。

「これでは、山手線の定期券でも、買わないことには……」

と、冗談まじりに思ったりした。

しかし、どうも、スランプの原因は、そればかりではなさそうだった。

一句も物することの出来ない日が続くと、さすがに不安になってきた。「多作」だけは、自分の取柄だと思っていたからである。

一季題三句の投句の最低ラインが、思うに任せなくなって来て、焦り始めた。その年も、あと三ヶ月で終る……。

「遂に、壁にぶつかったか……?」

確かに、それは、単に「作句の場」が失われただけのことではなかった。

今にして思えば、記憶の抽斗の「中身」が底を突いてきていたのである。……或いは、その中身に触発されなくなってきていた、と言えるかもしれない。

当然、記憶には限界がある。

それに、作句する上での類想を避けてゆけば、更にその範囲は狭いものになる。早晩、壁にぶつかるのは自明であった。

しかし、高年から句作を始めた自分にとって、一度は、通らなくてはならない道ではあった。

句歴の上での青、壮年期の欠落を、類句、類想と云った「灰汁」抜きを兼ねて、是非とも、埋めて置かなければならなかった。

一通り「思い出の記」を書き上げて置かなくては、新しく「日記」のページに進むことが出来なかったのである。

そんな悪戦苦闘の中でも、当初の廣瀬直人先生同様、斎藤夏風先生という、良き先達に恵まれたことは幸いだった。

その年の十月の兼題分でも、先生の選に入り、翌月の佳作を合わせると、それまでの二十ケ月の間に、なんと、特選を含む入選が三句、佳作に至っては、十二句にものぼったのである。

「躾《しつけ》、教育は、まず、誉めることから……」と、よく言われるが、久しぶりの「受ける身」にあって、しみじみ本当だと思った。

[先生のご薫陶に応える為にも、何としても、この壁を越えなくては……!」

と、発奮したものだった。

結局、最後に来て四苦八苦はしたものの、その年の十一月の時点で、入選が計十三句、佳作との合計が百一句になった。

六年六ヶ月有余、約二千八百句の総決算である。「入選十五句」の目標には二句足らなかったけれども、佳作との合計では、「百句」の目標を達成することが出来た。

単に、定年退職の年ということだけではなく、句歴の上での、一つの転機でもあると思い、念願通り、句集を出すことにした。

これからは、上田五千石先生も言っておられたように、「いま、ここ、われ」を念頭に、より「日記」としての俳句であるべく、心機一転、句作を続けてゆくつもりである。

最後に、今年の「年賀状句」を紹介して、この「てならひ帖」を閉じる。

職退きし肩の軽さや懐手

平成十五年五月　　　　伸滋

【著者紹介】

塩原伸滋（しおばら　しんじ）

昭和12年7月18日東京・日暮里に生まれる。
昭和18年一家で千葉県・南行徳へ疎開。地元の小、中学校を経て都立両国高校定時制に進み、中央大学文学部に入学。卒業後、一時、通信社に在籍。その後、取材先だった遊技機メーカーの企画部に転職。営業部に移って、以来、30数年、営業マン一筋の生活を続け、平成14年7月に65歳で定年退職。
現住所／千葉県船橋市西習志野1-47-4

てならひ百句《ひゃっく》 塩原伸滋《しおばらしんじ》ＮＨＫ俳壇投句選集《はいだんとうくせんしゅう》

2003年10月10日　第1刷発行

著　者 ── 塩原《しおばら》 伸滋《しんじ》

発行者 ── 佐藤 聡

発行所 ── 株式会社 郁朋社《いくほうしゃ》

〒101-0061　東京都千代田区三崎町2-20-4
電　話　03（3234）8923（代表）
ＦＡＸ　03（3234）3948
振　替　00160-5-100328

印刷・製本 ── 壮光舎印刷株式会社

落丁、乱丁本はお取り替え致します。
郁朋社ホームページアドレス　http://www.ikuhousha.com
この本に関するご意見・ご感想をメールでお寄せいただく際は、
comment@ikuhousha.com までお願い致します。

ISBN 4-87302-223-1 C0092